ENQUÊTE

OFFERT À

M. LÉNIENT
DE L'ÉCOLE NORMALE D'ALGER

PAR LES ÉLÈVES DE L'ÉCOLE NORMALE DE VERSAILLES

Avril – juin 187.

BANQUET

à **M. LENIENT**, directeur de l'école normale d'Auteuil

PAR SES ANCIENS ÉLÈVES

de l'école normale de Versailles

Le 1ᵉʳ juin dernier, les anciens élèves de l'école normale de Versailles étaient réunis au restaurant Corazza, sous la présidence de leur ancien professeur et directeur, M. A. Lenient.

Toutes les promotions, de 1855 à 1869, étaient représentées pour fêter le maître vénéré qui avait bien voulu consentir à se détacher de ses nombreuses occupations et venir présider cette fête de famille. Tous étaient heureux de serrer cordialement la main de celui qui fut toujours, pour chacun de ses élèves, le meilleur conseiller, l'ami le plus sincèrement dévoué.

Un certain nombre de normaliens n'avaient pu se rendre à l'appel du Comité d'organisation; mais leurs lettres ou leurs dépêches témoignaient de la sincérité de leurs regrets, et l'on sentait que le temps n'a fait qu'accroître leur reconnaissance pour le maître qu'ils ont toujours aimé.

Chacun ayant pris la place qui lui était assignée par sa promotion, M. Lenient ouvrit la séance par l'un de ces mots, affectueux et spirituels, dont il a le secret, et le déjeuner, dont le menu avait été fort bien composé par Dupont, fut empreint de la plus franche gaieté.

Aussi, lorsque Cadot prit la parole au nom de tous pour prononcer le discours qui suit, les esprits étaient parfaitement disposés à l'écouter, et de nombreux passages furent soulignés d'applaudissements unanimes. C'est que son cœur, s'unissant à celui de ses camarades, s'était ouvert pour dire sincèrement au maître les sentiments dont nous sommes pénétrés envers lui, et pour lui rappeler quels liens d'amitié nous unissent non seulement à lui, mais aussi à tous les membres de sa famille et aux ascendants de Mme Lenient.

Voici le discours de Cadot :

« BIEN CHER MONSIEUR LENIENT,

» MES FIDÈLES ET BONS CAMARADES,

» Il existe dans la famille un sentiment puissant, » qui porte les enfants à se grouper, à certains jours, » autour de leur père, pour raviver leur affection filiale » dans la douce étreinte de l'amitié.

» C'est ce lien indestructible qui réunit aussi les » disciples autour du maître, et qui rattache le présent » à un passé pour nous rempli des plus tendres et des » plus chers souvenirs.

» Est-il une fête plus belle que celle d'aujourd'hui? » Chacun y retrouve des amis. Tous, nous y revoyons » notre maître aimé, notre guide autrefois, notre sou- » tien toujours.

» C'est sous son égide paternelle que nous venons

» échanger encore une fois de cordiales poignées de
» main, nous retremper quelques instants dans la
» fontaine de Jouvence, et chercher auprès de lui comme
» un regain de jeune sève et d'ardeur nouvelle.

» Il y a des choses qui marquent, qui s'enfoncent
» comme un coin dans notre vie. Il y a des hommes
» aussi qui y laissent une trace ineffaçable, qui sem-
» blent imprimer leur âme dans la nôtre, leur grande
» âme simple, franche, noble et fière, remplie de vail-
» lance, créée pour les plus beaux combats, et capable
» d'inspirer les plus admirables dévouements.

» Vous êtes de ces hommes, cher Monsieur Lenient,
» et tous vos anciens élèves sont heureux de pouvoir,
» aujourd'hui, vous en témoigner à nouveau leur
» vive reconnaissance et vous offrir en même temps
» l'hommage de leur inaltérable affection.

» En 1888, notre camarade Plisson avait accepté la
» délicate mission de se faire l'interprète de nos senti-
» ments à votre égard.

» Avec son cœur et son talent, il a su éveiller en
» nous tout un monde de souvenirs.

» En saluant les noms de ceux de nos amis qui, au
» début de leur carrière ou déjà mûris par l'expérience,
» sont tombés en plein rêve de succès et d'avenir, il
» nous a fait sentir combien sont cruels les coups de la
» mort! En nous parlant de notre école normale de la rue
» des Tournelles, où l'on avait cru nous tenir comme
» rigoureusement engeôlés, il nous a retracé cette vie
» de famille que nous y trouvions, sous la paternelle
» direction du vénéré M. Bonnin-Dubessey et de la digne

» femme qui se complaisait à nous appeler « ses
» enfants! » En citant les maîtres qui nous formaient
» à la science de l'enseignement, Plisson nous a montré
» le rôle prépondérant que M. Lenient devait avoir dans
» notre éducation, grâce à son caractère loyal, à son
» affection de *frère aîné,* qui lui donnait sur nous la
» meilleure autorité morale ; grâce à sa situation dans
» la famille de nos chers directeurs, qui le faisait le con-
» fident des vues généreuses de ceux dont il était devenu
» le fils ; grâce aussi à l'exemple qu'il nous offrait de
» la persévérance et du travail, qui devaient le porter
» un jour à la direction de cette école normale de Ver-
» sailles, pour le préparer à de plus hautes fonctions et
» à de plus grands services.

» Nous avons gardé la mémoire de cette belle réu-
» nion de 1888 et des émotions que Plisson avait exci-
» tées en nous. Lui-même s'est jugé dans cette chaleu-
» reuse exclamation : « Mon cœur a tout dit! »

» Oui, cher Monsieur Lenient, nos cœurs vous ont
» tout dit!

» Et, cependant, nous sommes heureux de nous
» retrouver ici pour vous redire combien vos anciens
» élèves vous sont fidèlement attachés, et combien ils
» s'intéressent à tout ce qui peut vous survenir.

» On se représente notre joie lorsque l'an dernier,
» au scrutin du 28 avril, les électeurs de l'enseigne-
» ment primaire vous nommaient, pour la quatrième
» fois et au premier tour, membre du Conseil supé-
» rieur de l'instruction publique.

» Mais on comprend notre émoi dans les derniers

» jours de juillet, quand des journaux ou des lettres
» particulières nous apprirent le douloureux accident
» dont vous avez failli être victime. Des inquiétudes
» bien légitimes naissaient autour de vous. Au milieu
» du courant d'universelle sympathie qui s'est alors
» produit, vous avez pensé, avec raison, que nos vœux
» n'étaient pas les moins ardents ni les moins sincères.
» Aussi, est-ce pour nous un immense bonheur de vous
» revoir plein de force et de santé, avec cette vigueur
» physique et morale que nous vous avons connue à
» l'école normale de Versailles!

   » Comment ne saurions-nous pas vous aimer?
   » Tous ceux qui ont vécu avec vous de la vie d'école
» ont appris à mettre leur cœur à l'unisson du vôtre,
» tous ont dû à votre contact et à votre exemple d'être
» armés pour la lutte d'une vocation irrésistible, d'un
» besoin généreux de se multiplier, d'une forte volonté
» de dévouement et d'amour.
   » Et comment n'auriez-vous pas été suivi par tous
» dans la voie que vous nous avez tracée?
   » Les soldats n'abandonnent jamais le général qui,
» au-devant des bataillons, les entraîne au feu en
» criant : En avant!
   » Vous saviez aussi entraîner vos hommes, Monsieur
» Lenient. Regard profondément scrutateur, parole
» énergique, sévère parfois, mais toujours bonne, la
» main affectueusement tendue vers les timides, le
» cœur largement ouvert à tous, vous faisiez naître
» autour de vous des courages déterminés, et dans nos
» âmes d'éducateurs futurs, qui eussent pu faiblir
» dans la carrière, vous avez jeté la semence qui devait

» y produire un jour l'ardeur et la résignation au
» devoir; en un mot, vous avez fait éclore toute une
» armée de bonnes volontés, et vous avez donné à notre
» pays des hommes capables de se dévouer, jusqu'à
» leur dernier souffle, pour sa grandeur et sa prospérité!

» Votre vie est pour tous une belle leçon, un noble
» exemple.

» Élève-maître de l'école normale de Melun, sorti du
» *primaire,* vous avez grandi par la persévérance et
» le travail. Aussi, quelles étapes glorieuses, et, — on
» peut le dire avec justice, — quelles étapes bien
» méritées n'avez-vous pas parcourues?

» Je ne veux pas retracer ici votre brillante carrière
» universitaire; mais nous n'ignorions point, nous, les
» vieux, que notre jeune professeur de 1855 ferait un
» jour parler de lui. Cependant, cher Monsieur Lenient,
» on n'a jamais mené grand tapage autour de votre
» nom. Au milieu des fiévreuses agitations de notre
» époque, les utiles dévouements de l'enseignement
» primaire restent dans l'ombre et le silence. Mais les
» gloires les plus pures sont les plus simples et les plus
» modestes; et, si vous n'avez pas fait de discours
» bruyants, vos œuvres n'en sont pas moins admirables,
» car elles sont d'un homme de bien.

» Et quel est celui qui peut dire avoir rendu autant
» de services que vous?

» Vous êtes notre inspirateur. Avec vous, nous pou-
» vons affronter les difficultés de notre tâche; avec vous,
» nous résistons mieux aux défaillances et aux amer-
» tumes de la vie, car nous nous sentons guidés encore
» dans la voie du progrès, comme aux jours lointains
» où vous vous montriez notre frère aîné.

» Toujours notre chef, toujours notre maître, et
» aussi notre défenseur, nous aimons à retrouver votre
» plume alerte et savante dans les colonnes de *l'Instruc-*
» *tion primaire,* et nous sommes fiers de voir notre
» professeur de l'école normale siéger au Conseil supé-
» rieur de l'instruction publique, où il vient jeter dans
» la balance des discussions le poids d'une autorité
» sans égale et d'une expérience incontestée.

» Après quarante-trois années d'enseignement, qua-
» rante-trois années de rude apostolat, de labeur
» incessant et d'infatigable activité; parlant aux anciens
» comme un sage, aux jeunes comme un ardent et tou-
» jours jeune apôtre, tant votre cœur est resté viril,
» vous demeurez à jamais, cher Monsieur Lenient,
» comme le modèle le plus parfait du vrai pédagogue
» et de l'éducateur aimant et passionné.

» En ce jour, digne maître, vos anciens élèves vous
» saluent avec amour et avec orgueil!

» Mais ces souvenirs, que nous aimons à évoquer,
» ces sentiments, que le temps rongeur ne saurait effa-
» cer, nous éprouvons le besoin de les rappeler et de les
» traduire chaque année dans une solennelle manifes-
» tation qui, comme à notre printemps, mette en contact
» le maître aimé avec ses élèves de l'école normale de
» Versailles.

» Oui, mes fidèles camarades, à cette heure où les
» têtes blanchissent, où les tempes se dégarnissent, et
» où des vides trop nombreux, hélas! se sont produits
» parmi nous, il nous faut serrer nos rangs autour de
» notre cher maître, pour l'honorer périodiquement
» dans une fête de famille où il puisse nous apporter sa

» bonne parole, son fin sourire, et l'exemple réconfor-
» tant du désintéressement et de la grandeur de sa vie !

» Dans nos cœurs, il y a place pour deux affections :
» en octobre, le banquet de notre Société amicale des
» anciens normaliens de Versailles ! au premier jeudi
» de juin, le banquet à notre digne maître, à notre
» cher M. Lenient !

» En portant la santé de M. Lenient et celle de sa
» famille, que nous associons de tout cœur à nos sou-
» haits, buvons tous à la réalisation de notre projet de
» fraternelle réunion, qui sera pour nous la fête de l'af-
» fection et de la reconnaissance ! »

Très sensible à ces démonstrations d'amitié et au per-
sévérant souvenir qu'ont laissé dans notre esprit et notre
cœur M. et Mme Bonnin-Dubessey, M. Lenient se lève,
puis il prononce une cordiale et paternelle allocution,
que nous reproduisons aussi fidèlement que le permet
notre mémoire.

« MES CHERS AMIS,

» J'ai beaucoup grondé Plisson, dans notre dernière
» réunion, d'avoir été infiniment trop élogieux pour
» moi : qu'est-ce que je pourrais donc dire à Cadot, qui
» vient de dépasser encore Plisson ? Non, mes chers
» amis, vous me comblez. Je ne mérite pas tout ce que
» vous dites de moi, et l'expression de votre reconnais-
» sance m'inspire vraiment le regret de n'avoir pas fait

» pour vous plus que je n'ai fait. Dans tous les cas,
» merci, grand merci!

» Je n'ai pas l'intention, mes chers amis, de vous
» faire un discours.

» Lorsque, il y a cinq ans, vous avez eu, pour la pre-
» mière fois, la bonne pensée de donner à votre ancien
» maître adjoint un témoignage d'affection et d'estime,
» votre camarade Plisson, dans une allocution pleine
» de sentiment et de cœur, — Cadot vient de nous le
» redire, — a rappelé tout ce qui nous lie les uns aux
» autres : il a fait revivre à nos yeux la vieille école de
» la rue des Tournelles.

» J'ai suivi son exemple, vous vous en souvenez.

» Profondément ému par les souvenirs évoqués, pro-
» fondément touché surtout par la reconnaissance que
» vous avez gardée pour un homme dont la mémoire
» me sera toujours chère, M. Bonnin-Dubessey, et pour
» sa digne femme, qui fut un modèle d'intelligence, de
» dévouement et d'abnégation, je me suis laissé aller,
» moi aussi, à vous causer longuement du passé; et je
» me suis plu à vous conduire, à mon tour, de la rue
» des Tournelles à la rue de Montreuil.

» Aujourd'hui, nous avons renoué les traditions;
» nous nous sommes retrouvés, pour ne plus nous
» perdre, et nous nous retrouverons, si ce n'est tous
» les ans comme Cadot vous le propose, au moins de
» temps en temps, je l'espère bien : je ne veux donc
» vous dire que quelques mots.

» Merci d'abord aux promoteurs de cette nouvelle
» réunion d'aujourd'hui; merci aussi à vous tous qui
» avez répondu à leur appel; merci, entre autres, à

» Paris, à Debras, à Gatinot, à Julien, à Cottin, qui
» n'ont pas hésité à quitter d'importants travaux ou à
» s'imposer un long voyage afin de se trouver avec nous.

» Pour moi, mes chers amis, rien ne m'est plus
» agréable que de revoir ceux au milieu desquels j'ai
» vécu de 1855 à 1869. Je crois qu'il en est de même
» de vous : rien ne réconforte, rien ne rajeunit comme
» de revivre ainsi les jours de sa jeunesse !

» Se rajeunir ! Vous n'en avez pas besoin, vous, — à
» mes yeux, du moins. — Vous êtes toujours aussi
» jeunes qu'il y a vingt ans, trente ans, trente-huit ans
» même, n'est-ce pas, Paris ?

» Je me suis pourtant occupé de la retraite de plu-
» sieurs d'entre vous : je ne puis le croire. Je vois tou-
» jours Brochet à sa table d'étude de notre unique salle
» de la rue des Tournelles, travaillant avec ce calme,
» cette régularité, cette application qu'il doit mettre
» encore à tout ce qu'il fait aujourd'hui ; et il me semble
» que Bosne doit, comme aux anciens jours, fumer
» parfois encore quelques cigarettes en cachette.

» Si je vous trouve toujours jeunes, mes chers amis,
» même ceux qui sont en retraite, je ne puis pourtant
» oublier, pas plus que Plisson ne l'a fait il y a cinq
» ans, que le temps a continué son œuvre parmi nous.
» Il y a des vides dans nos rangs qui ne se combleront
» plus jamais ; il y avait ici, il y a cinq ans, des figures
» que je chercherais en vain et qui ne paraîtront plus.

» Le brave Gilles était là, en face de moi, et Gaquer
» avec lui ; Gaquer qui me reprochait, dans les souvenirs
» que j'avais rappelés, d'avoir oublié nos exercices nau-
» tiques des Jambettes et du canal. Et ces reproches

» me faisaient penser à Normand, qui était mon second
» comme maître nageur. Mort aussi, lui, comme Ri-
» chomme, que nous avons perdu au commencement
» de cette année.

» A tous ceux-là, mes chers amis, donnons un pieux
» souvenir, et si les circonstances le permettent, quand
» nous rencontrerons quelqu'un des leurs, veuve ou
» orphelin, prouvons-leur, dans la mesure de leurs
» besoins et de nos forces, que nous n'oublions pas nos
» chers disparus...

» La retraite ! Dieu, que cela me paraissait loin
» autrefois.

» C'était en 1850. Je venais d'être nommé à Nemours.
» Le recteur voulait me donner une nomination, mais
» cette pièce officielle entraînait une retenue sur les
» appointements, et j'avais 500 francs de traitement
» annuel. Consentir à une retenue de 25 francs, cela
» me paraissait dur ; et comme le recteur faisait miroi-
» ter à mes yeux l'espoir d'une retraite, je lui répon-
» dais : la retraite ! Monsieur le recteur ; trente ans de
» services, soixante ans d'âge ! jamais je n'irai jusque-
» là : je serai mort avant ou j'aurai fait autre chose. »
» Eh bien ! je ne suis pas mort, mes chers amis, et,
» depuis quarante-trois ans, je n'ai pas fait autre chose
» que de l'enseignement.

» Mon Dieu ! j'y arriverai à ma retraite, je l'espère
» bien, et vous tous aussi. Je souhaite seulement que
» nous en jouissions comme Brochet, Julien et Merce-
» ris savent en jouir depuis plusieurs années déjà, et
» comme Bosne, Chartier, Ravoux et Desilve en jouiront
» demain.

» En attendant ce bienheureux moment du repos,
» beaucoup d'entre vous, mes amis, sont encore sur
» la brèche et se préoccupent des nécessités du présent :
» c'est à ceux-là que je voudrais dire un dernier mot,
» d'autant plus que j'ai reçu des lettres auxquelles je
» n'ai pas répondu, pensant que je pourrais le faire
» aujourd'hui de vive voix.

» Les compliments et les éloges que l'on vous adresse,
» depuis longtemps et de toutes parts, les bonnes
» paroles que vous continuez à entendre tomber des
» tribunes du Parlement ne me paraissent plus vous
» toucher beaucoup.

« Le moindre grain de mil ferait mieux votre affaire.

» Et la foi qui n'agit point, dites-vous, est-ce une foi
sincère? »
» Allons, mes amis, un peu moins de scepticisme. Ne
» voyons pas tout en noir. Ne soyons pas trop pessi-
» mistes.
» La loi de 89 n'a pas comblé tous vos désirs? Non,
» certes. Mais elle a pourtant imposé une dépense de
» 14 millions à l'État. Elle ne bat pas encore son plein,
» vous le savez; attendez un peu, et vous verrez qu'elle
» ne mérite pas ce nom de *loi scélérate* dont quelques-
» uns l'ont baptisée, empruntant cette épithète à ceux
» qui en ont gratifié deux lois qui ne la méritent guère
» non plus, puisque ce sont au contraire deux titres de
» gloire pour notre troisième République : la loi sur la
» laïcité et la loi sur l'obligation du service militaire.
» Et puis cette loi de 89 sur les traitements, la loi

» Viger va l'amender ; et la loi Viger, mes chers amis,
» telle qu'elle est sortie de la Chambre des députés,
» coûtera 21 millions à l'État. Ces millions, je l'espère
» bien, vont aller aux instituteurs : où voudriez-vous
» qu'ils allassent?

» Je sais que la loi Viger, elle-même, nous laisse
» encore beaucoup de desiderata à formuler. Il y a
» d'abord cet affreux *pourcentage,* qui vous force à
» piétiner sur place, et puis l'indemnité de résidence
» qu'on ne veut pas soumettre à la retenue. Et vous
» êtes plus prévoyants que je ne l'étais en 1850.

» Tout cela s'arrangera, mes amis! Les communes
» elles-mêmes, pour garder de bons maîtres comme
» vous, reviendront, elles aussi, aux suppléments d'au-
» trefois. Elles ont été blessées de voir l'État vous récla-
» mer. Ce titre d'*instituteur national,* que Ravoux a
» raison d'inscrire sur ses cartes de visite, succédant à
» celui d'instituteur *communal,* les a, pour un moment,
» désintéressées de vous. « Puisque ce sont des fonc-
» tionnaires d'État, ont-elles dit, que l'État les paye. »
» C'est là une boutade qui ne durera pas, et que plu-
» sieurs municipalités ont déjà oubliée.

» Mais, à côté de ces causes générales de mécontent-
» tement, il y a certaines mesures dont on parle actuel-
» lement qui vous effrayent, ou tout au moins vous
» inquiètent. Il y a, par exemple, cette question de
» la *rétribution des études surveillées* dont Plisson
» m'entretenait dernièrement.

» Soyez tranquilles, mes chers amis, nous ne lais-
» serons pas atteindre vos situations sans vous
» défendre.

» Il y a, du reste, dans cette question, dans les pré-
» tentions, je ne dis pas de tous les adjoints, mais
» de certains adjoints, l'indication de tendances mau-
» vaises, dangereuses, qui ne peuvent manquer d'éveil-
» ler la sollicitude du gouvernement.

» Nous traversons une vilaine période.

» On semble ne plus vouloir de supérieurs nulle part ;
» on ne reconnaît plus les droits de l'ancienneté, le
» mérite des services rendus. Égarés par le sentiment
» d'une fausse égalité, d'une égalité qui ne serait,
» au fond, que le retour à des privilèges aussi peu
» fondés, aussi injustes que ceux d'avant 89, les der-
» niers venus, les débutants, les jeunes veulent jouir
» tout de suite de ce que les anciens ont péniblement
» conquis par le travail et par l'effort.

» Et cette tendance se manifeste partout.

» Dans l'industrie, le mal est grand déjà. Des ouvriers
» veulent faire la loi aux patrons, fixer eux-mêmes et
» *seuls* les heures de travail, le prix de la journée, et
» interdire l'accès du chantier ou de l'usine aux tra-
» vailleurs qui ne pensent pas comme eux, qui ne font
» pas partie de leurs syndicats.

» Ce sont là, Messieurs, des doctrines pernicieuses,
» contre lesquelles vous devez lutter, vous qui êtes
» chargés de l'éducation économique et sociale du
» peuple.

» Certes, nous savons bien qu'il y a beaucoup à faire
» pour assurer le sort des classes laborieuses, nous
» savons bien que les rapports du capital et du travail
» ne sont pas partout ce qu'ils devraient être ; mais ce
» n'est pas par la violence qu'on résoudra ces ques-
» tions, c'est par leur étude en commun, par une étude

» sérieuse, loyale et franche de part et d'autre.

» Nul plus que nous ne désire voir la situation des
» débutants dans l'enseignement, des jeunes stagiaires
» s'améliorer, mais cette amélioration ne peut ni ne
» doit se faire au détriment des directeurs.

» Soyez donc tranquilles, mes amis; si cette question
» particulière *des études surveillées* est soumise au Con-
» seil supérieur, je défendrai énergiquement les direc-
» teurs, parce que, en le faisant, je serai sûr de défendre
» la cause du bon sens, de la justice et du droit.

» Et maintenant, mes chers amis, je vous demande
» pardon de m'être encore laissé entraîner à causer
» trop longtemps, et je m'empresse de porter le toast
» pour lequel je m'étais levé.

» A votre santé, mes chers amis! A la santé de vos
» familles, que je ne sépare pas plus de vous aujour-
» d'hui que je ne le faisais autrefois à l'école normale
» de Versailles.

» A votre santé à tous, à votre prospérité, à votre
» bonheur! »

De nombreux bravos avaient souvent interrompu l'im-
provisation de M. Lenient : une chaleureuse acclamation
couvrit ses dernières paroles. Puis, après avoir choqué
les verres et bu la dernière coupe de Champagne à la
santé de tous, on se sépara en se promettant bien de se
retrouver au banquet du premier jeudi de juin 1894.

                                   ₒ A. S.
                          Ancien élève (1860-1863).

SAINT-CLOUD. — IMPRIMERIE DELIN FRÈRES.

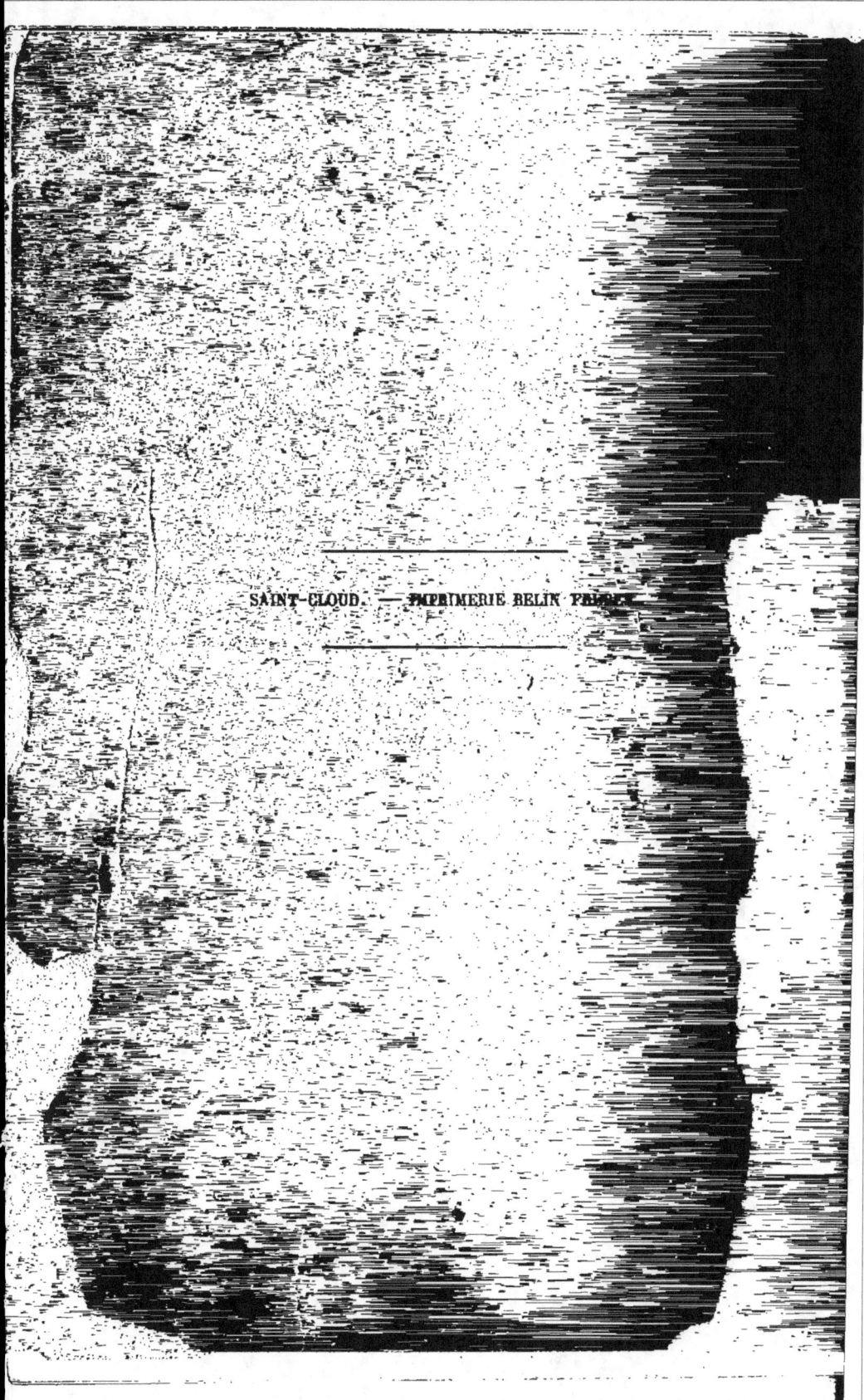

SAINT-CLOUD. — IMPRIMERIE BELIN FRÈRES

www.ingramcontent.com/pod-product-compliance
Lightning Source LLC
Chambersburg PA
CBHW061422170626
46811CB00005B/2083